烏鴉蔬果行

泉水森林裡有好多好多樹，
每棵樹上都住著烏鴉，
自然形成了一個烏鴉鎮。

烏鴉鎮的烏樟路上有家麵包店，
老闆的四個孩子都長大了，
兩個女兒名叫蘋果和檸檬，
兩個兒子叫做巧克力和年糕。
大兒子巧克力在麵包店隔壁，
開了一家點心店。

話說，大女兒蘋果有個朋友
叫做蔬蔬。

小時候，蘋果和蔬蔬
經常一起唱歌、
一起打鬧玩耍。
即使已經長大了，
她們仍然是好朋友，
偶爾會聚在一起聊聊天、
聽聽音樂。

有一天——

蘋果和蔬蔬一起在楓葉街上散步的時候，
突然看見有隻烏鴉滿頭大汗，
拖著一大車的東西。
她們兩個仔細一瞧，
拖車的竟然是蔬蔬的「表親」阿森。

（小朋友，你知道什麼是「表親」或「堂親」嗎？
我們稱呼爸爸和媽媽的兄弟姊妹為
「叔叔、伯伯、舅舅、姑姑、阿姨」，
那些「叔叔、伯伯、舅舅、姑姑、阿姨」的孩子，
就是我們的「表親」或「堂親」。）

她們實在不忍心看到阿森那麼辛苦，
所以決定跟在後頭
一起幫忙推。

好不容易，
終於把那一車東西送到阿森家。

「咦？哎喲！竟然麻煩你們幫忙，
實在太不好意思了！」
林姨走了出來，連忙道謝著。
林姨說他們在後院種了一些蔬菜，
本來叫阿森運到熱鬧的楓葉街上去賣，
哪知根本沒有人要買，只好又整車運了回來。

為什麼阿森得去賣菜呢？
因為阿森的爸爸過世了，
媽媽在菜園種菜，阿森就幫忙賣菜。

蔬蔬說：
「哪需要特地跑那麼遠去賣菜呢？
在這條樫木街上賣就好了啊！」
「我們這裡很偏僻，客人根本不會來！」
雖然阿森這麼說，蔬蔬還是回答他：
「別這麼早下定論，我們先做再說嘛！」
她立刻採取行動，沿著路邊擺放蔬菜。

於是，
在場的每一位
也都動手幫忙，
準備做生意。

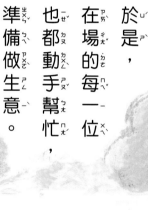

蔬菜按照大小排列得非常整齊。

一排好，蔬蔬就問：

「阿姨，價錢要怎麼訂呢？」

「這個嘛，我看就便宜賣吧！能賣光最好。」

「明白！就這麼辦吧！」

他們一起做了好幾塊牌子，擺在蔬菜旁邊：

「**統統三元**」、

「**任選三元**」、

「**一個三元**」、

「**特價三元**」……

事情就是這樣啦！準備開張——

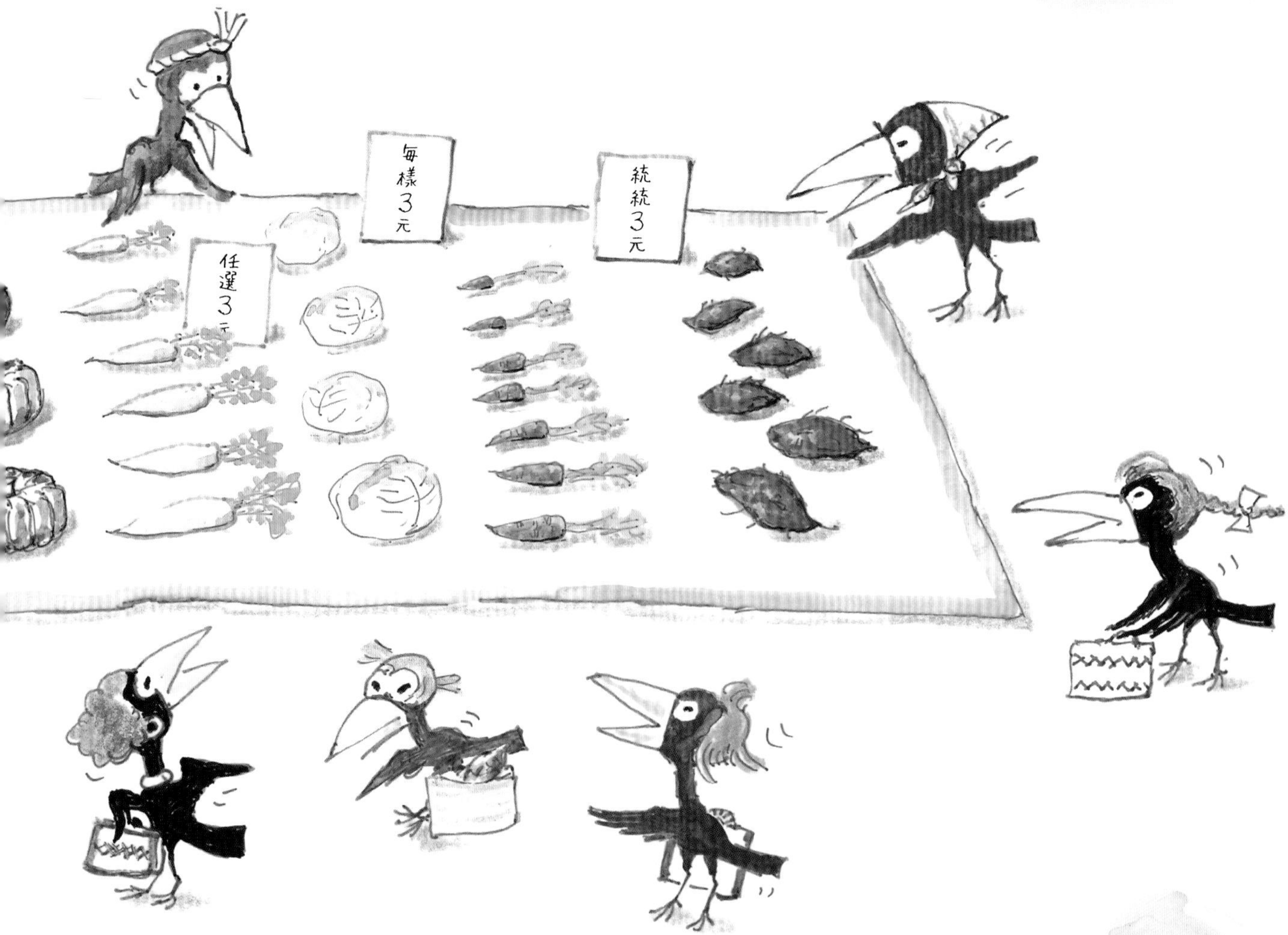

路過的媽媽們
和老闆娘們都說：
「哇！便宜賣啊，太好了！」
「我要這個和這個！」
她們陸陸續續把那些
又大又漂亮的蔬菜買走了。

事情就是這樣啦！
小巧可愛的蔬菜都沒有人要。

於是，阿森、蔬蔬、
林姨和蘋果，
又討論了一下——

隔天，他們在小巧可愛的蔬菜旁
放置了這樣的牌子：
「便宜賣一元」、
「統統一個一元」、
「每樣一元」、
「特價一元」、
「任選一元」。

一聽到風聲，
老奶奶們、太太們、
老闆娘們和大姊們，
都特地從大老遠趕來採買。

「昨天明明是三塊錢，
今天變成一塊錢了！」
「就算小了點，便宜就好！」
「給我三個小的。」
「我還要兩個。」
「我也順便再來兩個吧！」

結果，蔬菜一樣樣被買走，
最後，全部賣光光了！

於是——

阿森和蘋果立刻到菜園裡又採了許多蔬菜；蔬蔬和林姨連忙把蔬菜排列得整整齊齊。

好不容易有那麼多顧客願意上門，他們決定正式為蔬菜攤取個名字。

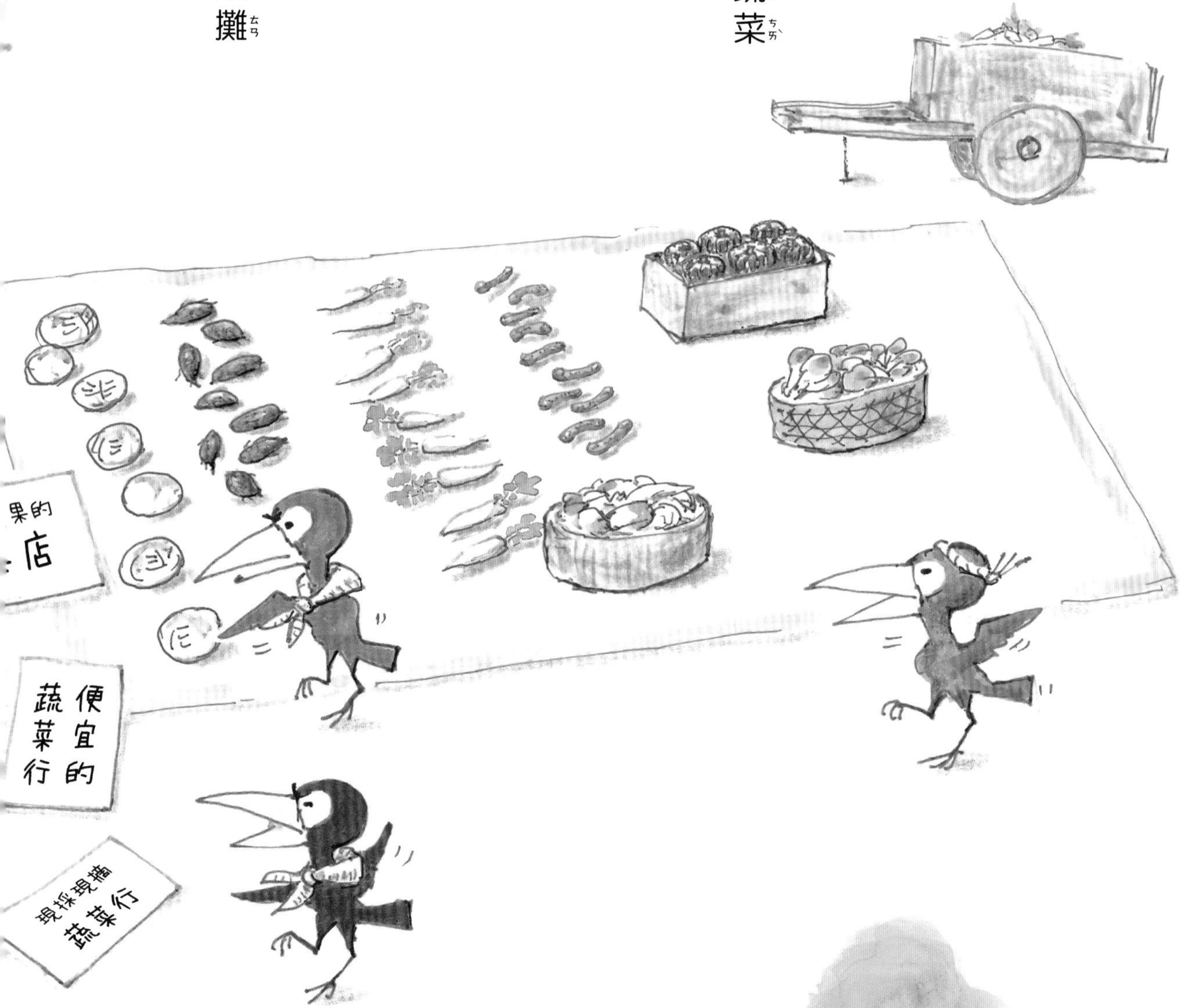

「新鮮蔬菜行」、
「便宜的蔬菜行」、
「林姨和阿森母子蔬菜行」……
他們考慮了好幾個名字，
最後，終於拍板定案了。

既然這是阿森、林姨、蔬蔬
和蘋果一起工作的店，
那就從他們的名字中各選一個字，
取名為：「森林蔬果行」。

「好啊！這個好啊！真是好名字！」
他們立了一塊全新的招牌，
正忙著準備的時候——

突然來了一位胖胖的先生，
他對阿森說：

「我是『春秋農業合作社』的代表，
請問你們願意幫我們銷售蔬菜嗎？
除了當季的蔬菜之外，
我們也可以把北方和南方的水果運過來。
請多加利用吧！」

阿森開心的說：

「好啊！真是個好消息！

其實，我們家菜園裡的蔬菜，

就只剩下眼前這些了。

您來得正是時候啊！」

「呵呵！太好了！

我立刻回去安排，萬事拜託了！」

事情就這樣發展下去——

隔天一大早，
一輛大卡車載來了
一整車滿滿的蔬菜。

現在賣的不是
林姨菜園裡的蔬菜了，
眼前五花八門、
林林總總的蔬菜，
全來自各地不同的菜園。
於是，
他們又調整了一下店名，
重新立了招牌——

這回決定這樣賣：
「一個三元」、
「兩個五元」。

「這麼多的蔬菜，
賣得完嗎？
要是沒賣完，
就再來一次，
『統統一元』特賣會吧！」
阿森心裡這麼想，
不過——

從四面八方
陸陸續續來了好多客人，
而且不管哪個客人
都是兩個、三個一把抓，
結果——

到了傍晚，
所有的蔬菜
全都賣光光了。
「哎喲！
這下該怎麼辦？
明天沒有蔬菜可以賣了。」
阿森又開始煩惱，
就在這時候，
來了一輛新的卡車。

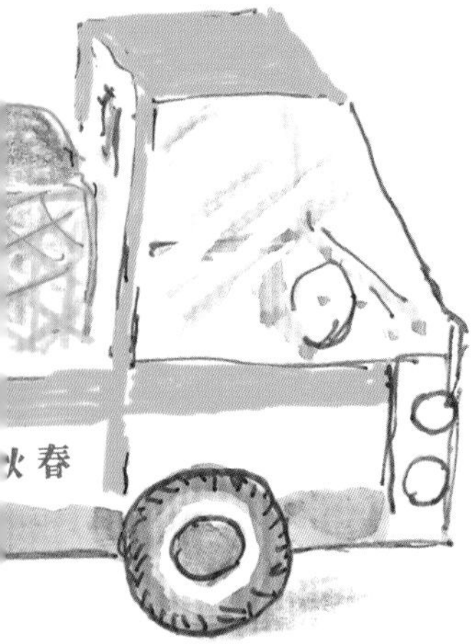

這一回，
卡車上滿滿都是
美味可口的水果和
稀奇珍貴的水果。
於是，所有成員
又討論了一下——

「來啊！來啊！
森林蔬果行的
新鮮水果開賣啦！」
「一份三元！」
「三份七元！」
他們賣力的叫喊著。
可是，水果卻不像
蔬菜那麼好賣。

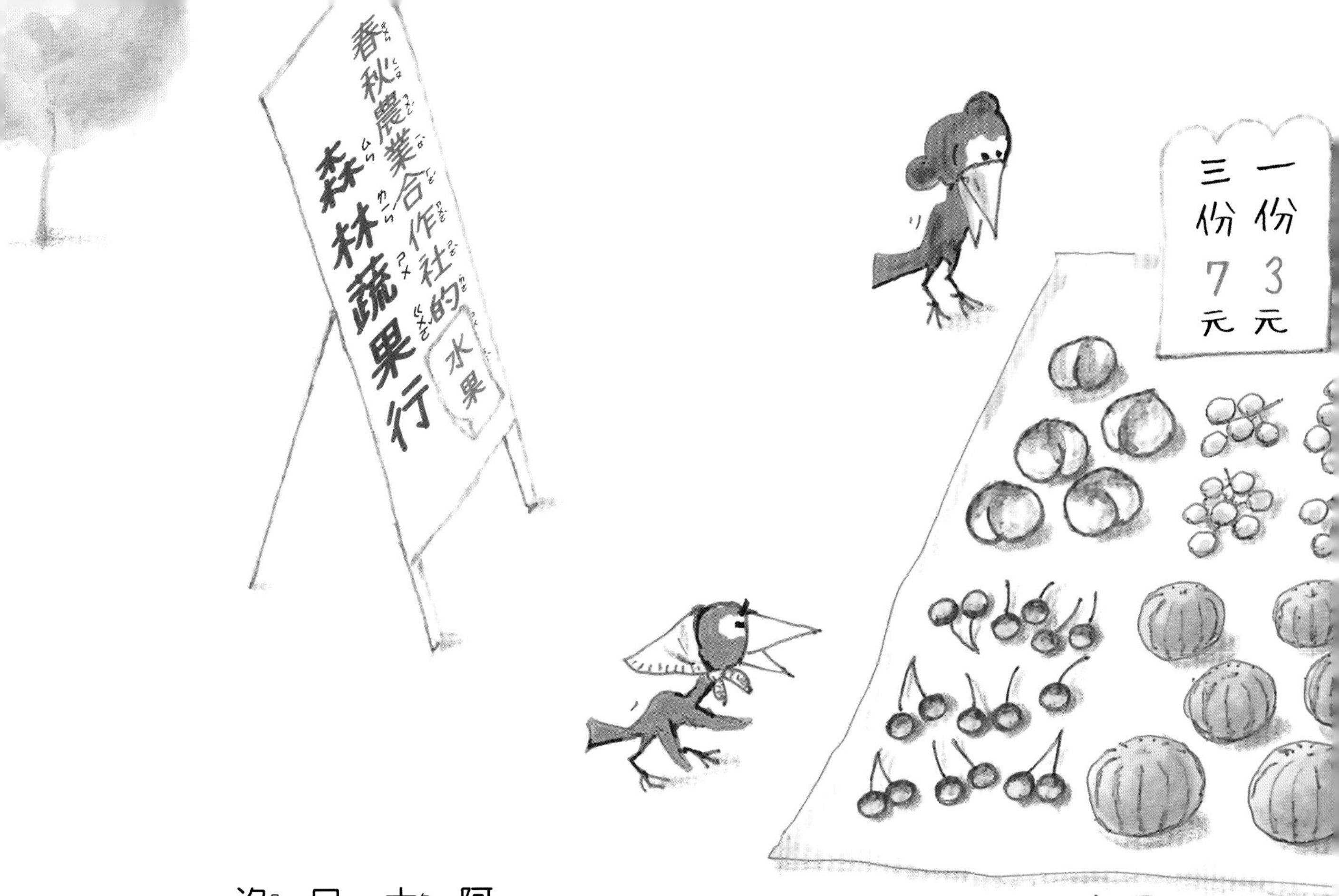

「難道還是得
一份賣一塊錢，
才有人要買嗎？」

阿森傷起腦筋，
大家也開始跟著頭痛，
只有蘋果好像有了什麼好主意。
沒想到——

她竟然
在每一種水果上，
統統畫了可愛的表情！
笑嘻嘻的梨子、
水蜜桃、草莓；
心滿意足、露出酒窩的
蘋果和櫻桃；
愛撒嬌的香蕉和西瓜；
擠來擠去玩遊戲的葡萄；
呵呵呵的橘子；
嘿嘿嘿的鳳梨……

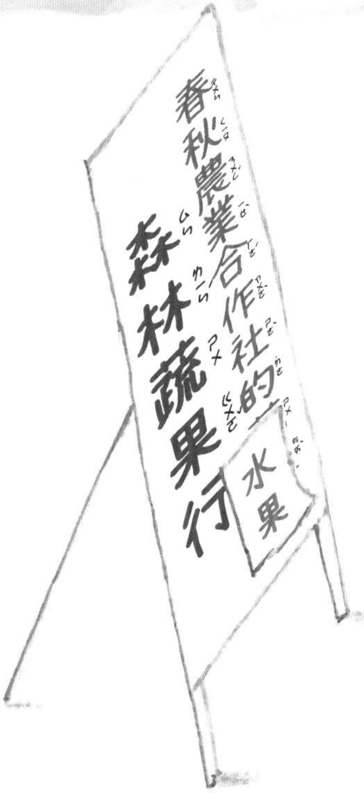

隔天——

結果，媽媽們、阿姨們、
老奶奶們停下了腳步，
「啊！好可愛喔！
買一些回家吧！」
「是啊，看到這些笑臉，
心情都跟著好起來呢！」
就這樣，
這些被蘋果畫上
可愛表情的水果，
統統賣出去了。

卡車載來了蔬菜。
於是，蘋果又拿起蔬菜，
一一為它們畫上表情。
有的笑容滿面，
有的滿臉驚訝，
有的還一副
快哭出來的模樣。

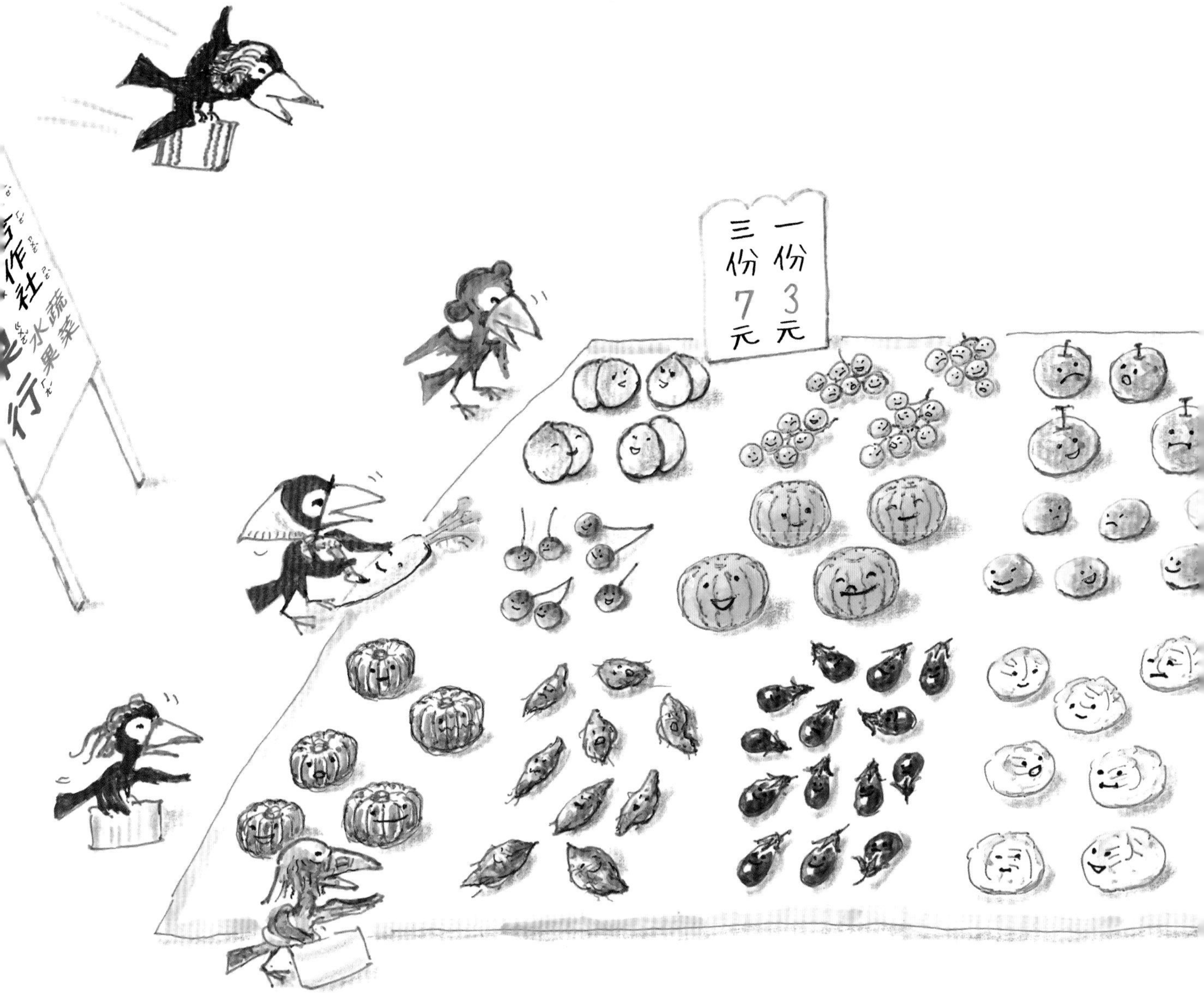

一看到這些蔬菜，
老闆娘們、伯伯們說：
「啊！我要買
這些可愛的小黃瓜
和茄子！」
「這顆番薯長得跟我真像！
我喜歡！我喜歡！」
就這樣，
蔬菜也一一的被買走了。

結果——

由於這家「森林蔬果行」，
販賣種類眾多的蔬菜和水果，
不知不覺間，
開始有人稱它為：
「歡樂蔬果行」，
或者「驚喜連連蔬果行」。

而且，泉水森林的這條櫻木街，
雖然位置偏僻，
如今卻變得非常有名。

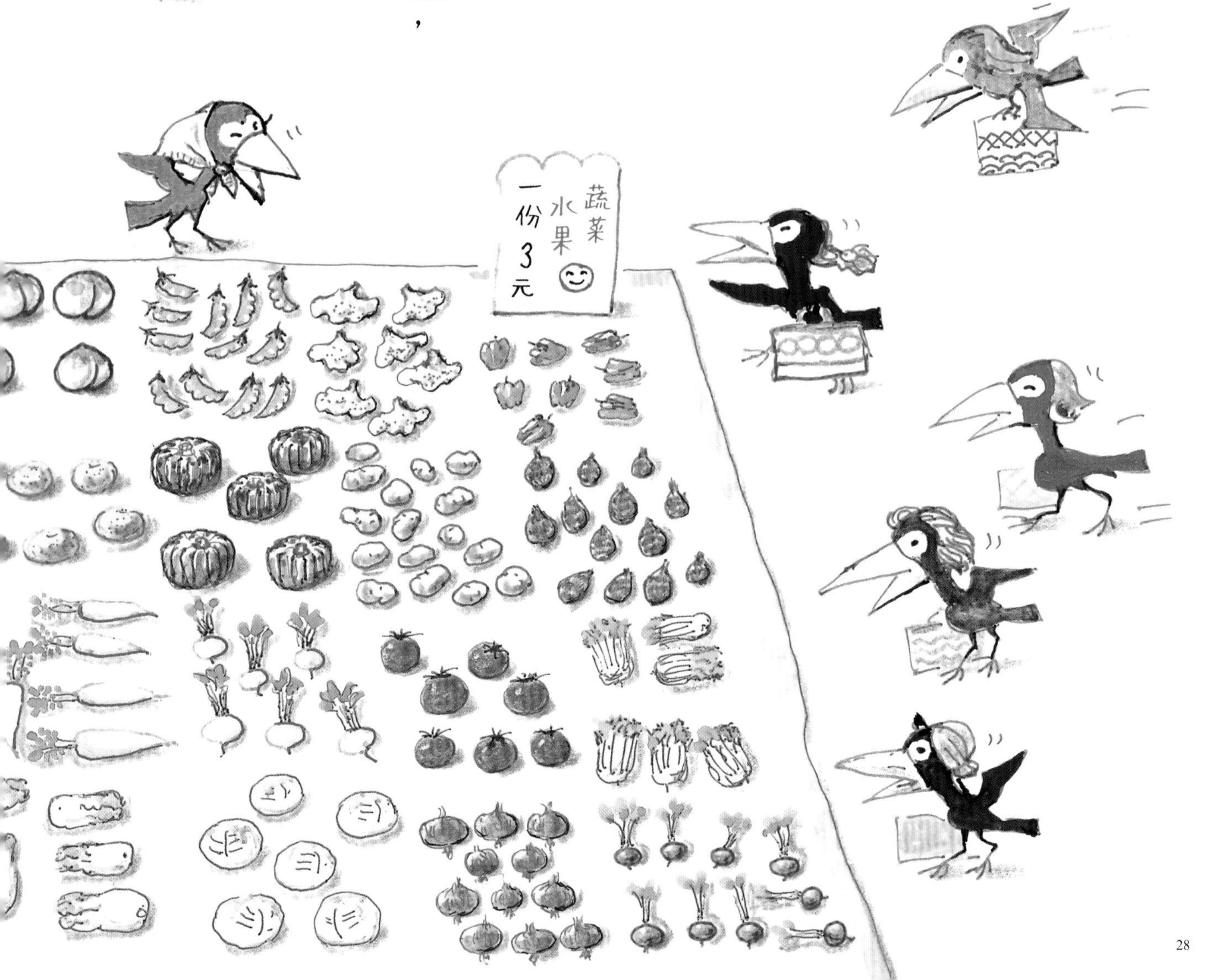

現在，天天都擠滿了
來訪的客人，
整條街非常熱鬧。

事情就是這樣啦！
蘋果每天滿臉笑容、
勤奮的工作，
林姨愈來愈喜歡她。
有一天，她終於開口，
希望蘋果能嫁給他們家的阿森。

蔬蔬，還有蘋果的爸媽，
也都滿心歡喜的贊成
這樁婚事，於是——

樫木街的這家蔬果行，
變成阿森和蘋果
一起經營的店了。

如果你有機會去泉水森林，
一定要拜訪一下樫木街喔！

我相信，直到現在，
小小的「森林蔬果行」裡，
蔬菜和水果們
依然笑嘻嘻的排著隊
等著迎接你呢！

後記

加古里子

這本書是《烏鴉麵包店》的續集，烏鴉家有四個孩子，這回我寫的就是他們家的大女兒「蘋果」長大後所發生的故事。

她在阿森和林姨身邊幫忙，賣蔬菜和水果給客人的時候，周遭的狀況和情勢會一點一滴的影響販賣的數量和價錢。特別是在買賣的過程中得思考客人的期待和需求，還有為了能賣得好，必須懂得不斷變通。這些都是從事生意、商品買賣時，一定要注意的事；也是有一天當孩子長大成人，進入職場工作時，為了賺錢謀生，不得不思考的事。

事情就是這樣啦！請大家一邊動動腦筋，一邊享受這個故事吧！

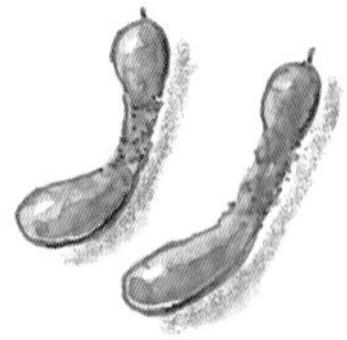

烏鴉蔬果行　文・圖／加古里子　譯／米雅

步步出版
社長兼總編輯／馮季眉　責任編輯／徐子茹　編輯／陳奕安　美術設計／林佳玉
讀書共和國出版集團
社長／郭重興　發行人／曾大福
業務平臺總經理／李雪麗　業務平臺副總經理／李復民
實體通路協理／林詩富　海外暨網路通路協理／張鑫峰　特販通路協理／陳綺瑩　印務協理／江域平　印務主任／李孟儒
出版／步步出版　發行／遠足文化事業股份有限公司　地址／231 新北市新店區民權路 108-2 號 9 樓
電話／02-2218-1417　傳真／02-8667-1065　Email／service@bookrep.com.tw　網址／www.bookrep.com.tw
法律顧問／華洋國際專利商標事務所・蘇文生律師　印刷／通南彩色印刷有限公司
初版／2022 年 9 月　初版三刷／2023 年 2 月　定價／320 元　書號／1BSI1082　ISBN／978-626-7174-09-8
Karasu no Yaoya-san

作者介紹

加古里子 (1926~2018)

1926 年生於日本福井縣武生町（現為越前市），東京大學工學院應用化學系畢業。工學博士、技術士（化學）。任職於民間化學公司的研究部門期間，同時傾注許多心力在睦鄰運動（settlement house movement）及兒童會活動之中。1973 年從公司退休後，一邊研究兒童文化和兒童相關問題，同時身兼數職，擔任電視台的新聞節目主持人、大學講師，甚至在海外從事教育實踐的活動。他也是一位兒童文化的研究者。作品多達 500 餘部，內容五花八門，包含故事類圖畫書、知識類圖畫書（橫跨科學、天體、社會各領域）、童話故事、紙上劇場等等。主要代表作：「加古里子說故事」系列、《金字塔》、《美麗的畫》（偕成社）、「不倒翁」系列、《河川》、《海》、《小 TOKO 在哪裡？》、《萬里長城》（福音館書店）、「加古里子　認識身體」系列（童心社）、《傳統遊戲考究》、「兒童的日常活動　自然和生活」系列（小峰書店）等等。獲獎無數，包括 1963 年產經兒童出版文化獎大獎、2008 年菊池寬獎、2009 年日本化學會特別功勞獎、神奈川文化獎、2011 年越前市文化功勞獎、2012 年「東燃 General 石油」兒童文化獎等等。2013 年春天，福井縣越前市「加古里子的故鄉繪本館『砳』（RAKU）」開館。

譯者介紹

米雅

插畫家、日文童書譯者，畢業於政治大學東語系日文組、大阪教育大學教育學研究科，曾任教於靜宜大學日文系十餘年。代表作有《比利 FUN 學巴士成長套書》（三民）、《你喜歡詩嗎？》、《小鱷魚家族：多多和神奇泡泡糖》（小熊）等。更多訊息都在「米雅散步道」FB 專頁及部落格：miyahwalker.blogspot.com/